超シ ー川柳

90 のご長寿傑作選

黄金の日々《ひび》編

みやぎシルバーネット＋河出書房新社編集部 編

河出書房新社

最高齢は102歳！
90歳以上の「超」シルバー川柳傑作選！
第6弾『黄金の日々編』です

作者はみんな90歳以上の超ご長寿！
驚きのシルバー川柳＝超シルバー川柳傑作選、1年ぶりの第6弾です。

宿命に　運命たして　百歳か

格調高い作品を、自分でPCに打ち込んで投稿されるT・Tさん（102歳）。

今度から　おぼえた時に　書くことだ

なにげなく　書く川柳が　おもしろい

思いつき　どんなことでも　川柳に

あたくしは　母のおなかを　飛び出して
だんだんと　子供になって　あの世行き
この世では　いいことばかり　持っていく
赤ちゃんの　ハイハイ　かえりは車いす

毎日湧き出る思いを、歌うように書き連ねて投稿されるM・Tさん（96歳）。
例えばこんなふうに……。皆さんそれぞれのお好きなスタイルで、自由に心を五七五に乗せられています。

昭和、平成、令和と激動の時代を生き、今、人生の黄金色の時期に実はいらっしゃるのかも。
読むだけで元気が湧いてくる人生の大先輩たちの超シルバー川柳！

好評コーナー「川柳達人ご長寿インタビュー」「なつかし写真館」「お便りコーナー」もあわせて、どうぞお楽しみください。

＊本書は『みやぎシルバーネット』と河出書房新社編集部に読者から投稿された作品から構成されています。
投稿者のご年齢は投稿当時のものです。作品の投稿方法は巻末の案内をご覧ください。

車椅《い》子《す》
選手をまねて
漕ぐバァバ

斉藤恵美子（96歳）

鯉のぼり
私を空へ
乗せてって

吉田千秋（91歳）

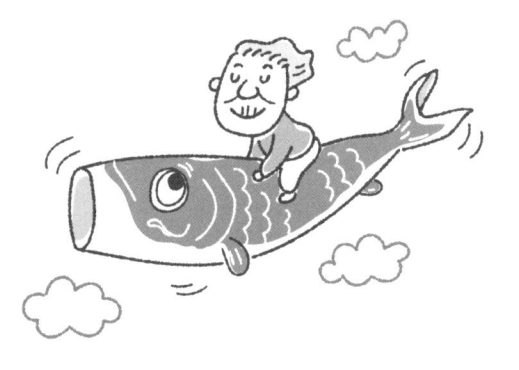

川柳名人

海老原徳彦さん（90歳）の部屋

惚《とぼ》けては
惚《ほ》れた女房の
菓子奪う

惚《ほう》けたが
昔は惚《ほ》れ惚《ぼ》れ
佳《い》い女

なれるなら
ババァもなりたし
姥《うば》桜《ざくら》

梶原静代（93歳）

九十二
ラストチャンスの
花見する

白木幸典（92歳）

九十二
迎えて女房の
ちらし寿司

上杉義弘（92歳）

川柳名人

狗飼艶子さん（94歳）の部屋

読書欲
あるが睡魔に
勝てぬ老い

どの道を
行っても何か
花がある

老い仕度
ご縁の手紙
少しすて

川柳名人

根本愛子さん（93歳）の部屋

長生きは
するもんだねと
美食する

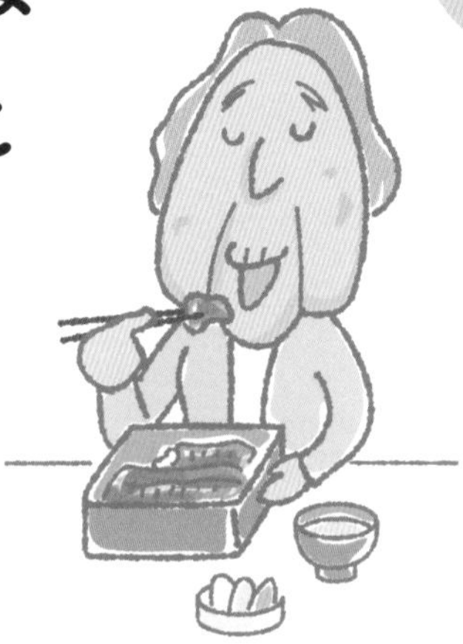

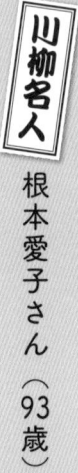

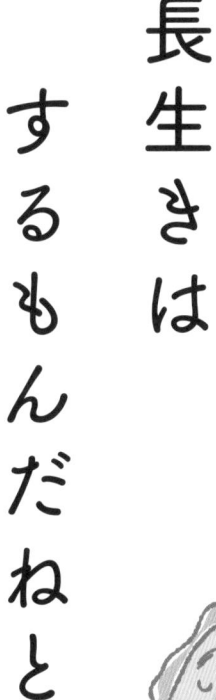

九十を
過ぎてほんとの
恋を知る

おらが春
九十過ぎても
彼《かれ》恋し

気を付けよう
色とエロには
塗り絵して

年老いて
今日は何日
新聞見る

たのしいな
子供に還《かえ》って
ケアの郷《さと》

ポケットに
子らのアドレス
入れ散歩

町田猶子（93歳）

老ホーム
朝食前に
一千歩

白木幸典（93歳）

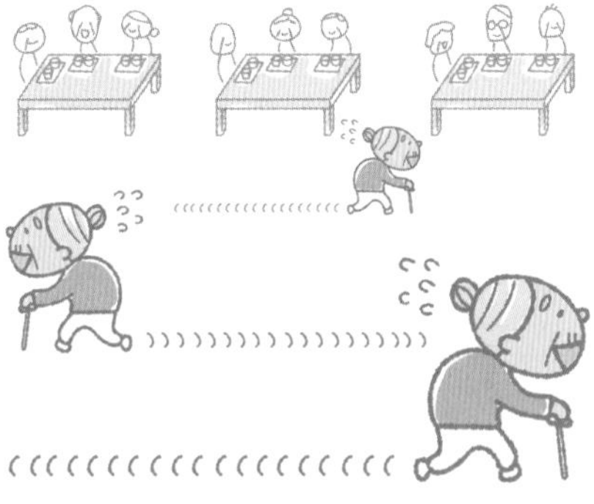

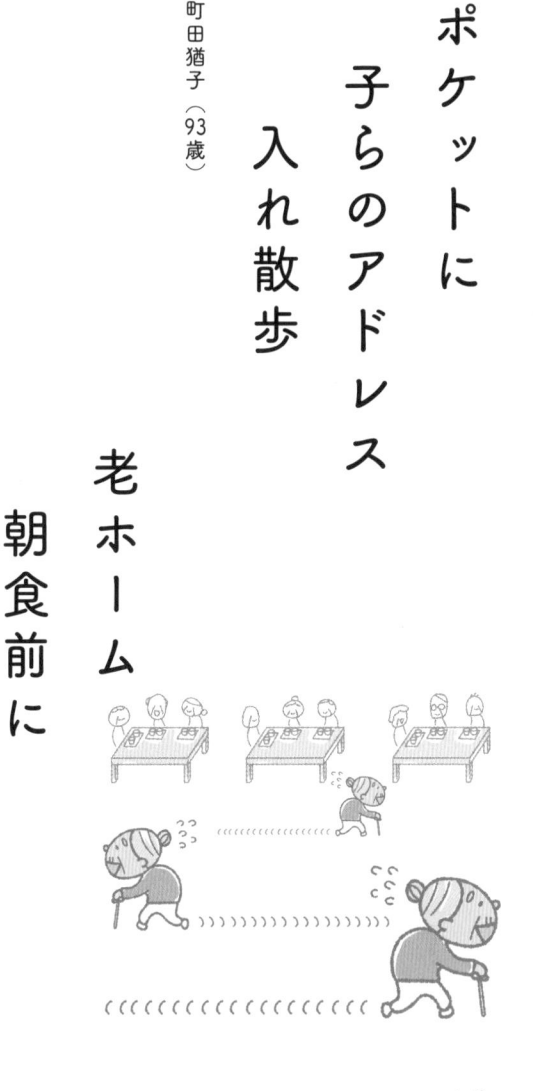

病院も
葬儀社もある
散歩路

千石 巌（94歳）

目標は
百までめでたい
九十六

愚痴も涙も
水に流して
星となる

ともに、宮脇和恵（95歳）

年上と
味ある会話
してみたい

山本敏行（97歳）

威張れない
スリッパはいて
タクシーに

久慈レイ（94歳）

老いるとは
こんなに孤独に
なるもんか

木村美与子（98歳）

爪先を
明日に揃えて
スニーカー

山田純一（91歳）

他人の顔で
歩く夫婦の
倦《けん》怠《たい》感《かん》

いつの間にか
名前が「オイ」に
変わってた

このあとは
おまけで生きる
九十歳

ボケたなあ
陰口される
年になり

物忘れ
一つや二つ
朝飯前

ともに、天野ハル（91歳）

歩けます
本も読めます
白寿です

波多野安子（98歳）

川柳名人

生出貞子さん（92歳）の部屋

指ぬきが
母のシンボル
お裁縫

全集を
並べて満足
若い頃

仏壇の
亡夫に留守番
頼みます

その顔は
見あきた顔と
云える幸

川柳名人

木村美与子さん（98歳）の部屋

白寿とて
嬉しくもなく
悲しくもなく

後のこと
頼みし人も
先に逝《い》く

誕生石
ルビーの指輪
百までも

川柳名人

波多野安子さん（98歳）の部屋

「歯が痛い」

入れ歯の人に

笑われる

長電話
さよならの後
転ぶクセ

いつだって
夫が折れて
仲直り

金丸典男（92歳）

歩行器が
今では婆《ばば》の
無二の友

吉田千秋（91歳）

眠れずに
夫の寝息
数えてる

生出貞子（91歳）

孫娘《まご》たちと
食べる雑煮は
あぁうまい

亡き夫《つま》の
字のうまさに
ホロリする

ともに、高橋スマノ（95歳）

大掃《そう》除《じ》先立つ夫のラブレター

芳賀昭子（93歳）

えー何？
ボケたふりして
電話きる

お雑煮を
ひっかけないか
見つめられ

（佐藤）愛子さん
あなたを見本に
生きてゆく

かすむ目も
訛《なま》りもかすむ
友も無し

今野静男（93歳）

紅白は
みんな横書き
早く寝る

金丸典男（92歳）

ベッドでの
婆《ばば》の親友
タブレット

吉田千秋（91歳）

何も無し
脳みそだけが
財産ネ

芳賀昭子（91歳）

笑い袋
いつも持ってる
生き上手

高橋知杏（93歳）

口ばかり
達者と娘
いやみ云う

野口ヒロ子（96歳）

郵便はがき

1510051

恐れ入りますが
63円切手を
お貼り
ください。

東京都渋谷区千駄ヶ谷2の32の2

（受取人）

河出書房新社

『シルバー川柳』

愛読者カード係 行

お名前	年齢：　　　歳 性別：　男・女
ご住所 〒	
ご職業	
e-mailアドレス	

弊社の刊行物のご案内をお送りしてもよろしいですか？

□郵送・e-mailどちらも可　□郵送のみ可　□e-mailのみ可　□どちらも不可

e-mail送付可の方は河出書房新社のファンクラブ河出クラブ会員に登録いたします（無料）。
河出クラブについては裏面をご確認ください。

ご記入いただいた個人情報は、ご希望の方へのご案内送付や出版企画の参考等に利用、ご感想は弊社の新聞・雑誌広告、HP等で掲載させていただくことがございます。ご了承ください。上記目的以外では使用しません。

愛読者カード『　　　　　　　　　編』を読んで

空欄にお読みの書名(『シルバー川柳○○編』の○○部分)をご記入ください。

●どちらの書店にてお買い上げいただきましたか?

地区:　　　　　　都道府県　　　　　　　　市区町村

書店名:

●本書を何でお知りになりましたか?

1.新聞/雑誌(＿＿＿＿＿＿新聞/広告・記事)　2.店頭で見て

3.知人の紹介　4.インターネット　5.その他(　　　　　　　)

●定期購読している雑誌があれば誌名をお教えください。

●本書についてご意見、ご感想をお聞かせください。

伸びた爪
ホームで一人
研いでいる

谷口信子（92歳）

足の爪
遠くにありて
切れません

篠原伸江（94歳）

うさぎ年
物価値上げで
目が赤い

中村佐江子（93歳）

桜咲き
髪をアップに
染めかえて

菅井安子（91歳）

春風に
おしゃれしてみる
ババ一人

海老原としの（91歳）

頂いた
物でいっぱい
欲しい人！

眞野昭子（95歳）

何処の主婦《ヒト》？
久し振りねと
よく喋《しゃべ》る

藤瀬誠二郎（91歳）

眠れぬ夜
本読みふけり
逆効果

白取悦子（91歳）

ボケボケと
言い合い笑いの
毎日《ひび》の仲

阿部禮子（91歳）

数独の
ワンランク上に
挑戦だ

氏家二郎（90歳）

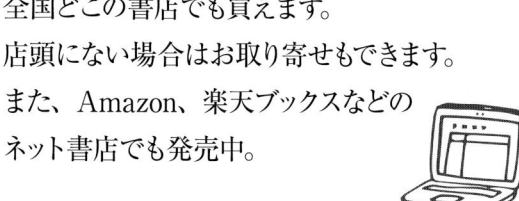

脳トレの
答えを聞いては
叱られる

千葉藤雄（93歳）

達人インタビュー

ヨイトマケのようなこともやりました。芸者から議員の妻に、波瀾万丈の人生でした。

芳賀昭子《あきこ》さん（93歳）

一人の時間が多くなり、川柳が話し相手のようになっています。

若い頃は仙台で芸者をしていました。好きも嫌いもない、食べなきゃならないから。一番稼ぎがいいのは芸者だったの。駐留軍の宿舎を建てる時はヨイトマケでないけど、弟と妹を食べさせるためにがむしゃらでした。泥棒以外何でもしましたよ。空襲は火の粉を被って逃げ、辛い中を生き延びました。

川柳を始めたきっかけは？

投稿を楽しんでいた近所の男性から「こんなのがあるんだよ、ボヤッとしていてはダメだよ、俺でさえやっているんだよ、芳賀さんもできっぺや」と言われたのがきっかけです。

川柳を思いつくのはどんな時？

いつも指で五七五を数えているので、「何しているの？」と聞かれることがあります。朝は「めがさめた・けさも天気が」で一句、デイサービスで笑った人を見て、「えがおが・いいな」で一句。

これからシルバー川柳を始めたい人にアドバイス

身近にあるもの、たとえば小鳥や人を見て感じたことを書いたり。出歩かなくなったので、過去の思い出を書いたりもしています。たまってきたら、くっつけてみると面白いものが出来たりします。

33歳で県会議員と結婚しました。後妻だけど、芸者が4千坪の屋敷に迎えられるなんて、めったにないことよ。議員の家は大切なお客様も多く礼儀作法も必要。水商売にいたから「これなら、なんとかなるべぇな〜」と思ったんじゃないですか。「何も持ってこなくていい、もんぺだけ持ってきてくれ」と。行ったその日からもんぺはいて稲刈り。選

愛用の川柳グッズ

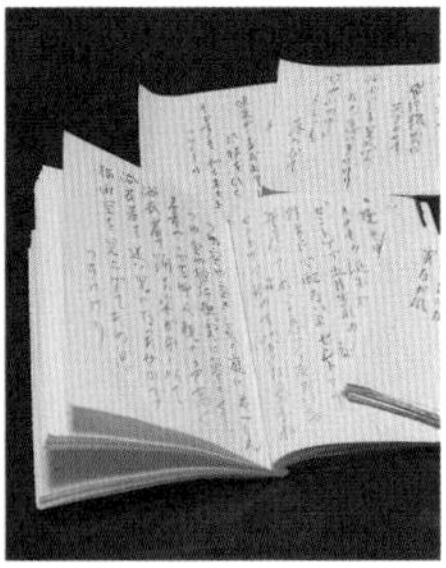

寝ている時以外は、メモ帳を手元に置いています。最初にフッと言葉を思い浮かべると、次がツツツッと浮かんできます。浮かぶようになったんだわね。

挙中の雨の日に20人ぐらい連れて帰って来た時には、おにぎりを出し、全員の靴下を帰るまでに洗って乾かしました。辛かったのは年賀状。子供たちを寝かせてから毎晩書いていました。家庭裁判所の調停委員もしていて本の好きな夫でしたけど、50代でがんで亡くなりました。夫のことは、川柳によくよんでいます。「トキメイて逝った夫にまだ夢中」「あの世から帰って欲しいマイダーリン」「亡き夫に似た青年のボランティア」。波瀾万丈だったけど、自分で選んだ人生だからね。苦しいこともあったけど全部が思い出。つながった人たちもいるからね、いい勉強だったんでしょう。

川柳は10年ほど前に始めました。頭の片隅に余裕ができて、ボケないために何か入れた方がいいじゃないかと思って。同年代はボケたか、施設か、亡くなったか。友だちも弱って来なくなり、この通り日中は一人。だから時間つぶしと、おしゃべりの感じでやってるの。

手を動かすことが好きで、ビーズ手芸をしていました。近所のお母さんたちを集めて、集会所で教えたりもしました。今は川柳だけ。川柳のために生きてんの、そんな感じですよ。

感情をむき出しにして打ち込める物がないとダメだね。

デイサービスの仲間から「どう書けばいいの？」って聞かれることがあって、「おはようと言われて、嬉しい？　悲しい？　嬉しいよね。じゃ、『おはようって　言われて嬉しい』、その後に何が付くか考えれば良いんだよ」って教えるんだけどね。いっぺん入ってしまったら、楽しくて止められないのにね。

会心の一作！

古書売って　夕げの銭の　足しにする

【編集部まとめ】小説以上と言いたくなる人生を歩んでこられた芳賀さん。川柳の教え方が上手なのは、お持てなしのプロだったからでしょうか。川柳を友に、これからもどうぞお元気で！

週４回、デイサービスに通っています。朝食はパンと牛乳など、昼食はデイサービス、夕食は弁当。病気をしたので、弁当は体調管理のためでもあります。

男湯に
うっかり入って
茹《ゆ》だるババ

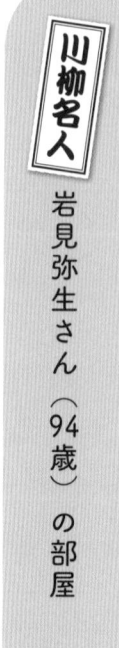

シャツをはき
ズボン被《かぶ》って
四苦八苦

一人では
笑顔も失せて
しわだらけ

歯医者さん
行く時だけは
義歯はめて

物価高
安物探し
ババ元気

岩見弥生さん（94歳）の部屋

川柳名人

宮井逸子さん（94歳）の部屋

透析や
二本の針と
三時間

眼の手術
眼帯はずせば
別世界

歩行器を
頼りて立つや
親《ゆ》指《び》捻《ねん》挫《ざ》

腹筋を
十回やれば
重労働

極楽と
感ずる幸(さいわい)
入浴の刻

上手やねっと
曾孫(ひまご)にほめられ
続ける絵

川柳名人

宮井逸子さん（94歳）の部屋

63

川柳名人

大須賀博さん（90歳）の部屋

お互いに
背を向けあって
寝る二人

桐箱の
古い恋文
捨てられず

今になり
気付いて遅い
妻選び

孫に似た
お地蔵さんの
頭《あたま》撫《な》で

あれとあれ
してからあの世
行くとしよう

川柳名人
大須賀博さん（90歳）の部屋

川柳名人

森下としへさん（95歳）の部屋

羊《よう》羹《かん》を
切る時は
よう考えて

コロコロで
固くて出ない
コロ便だ

何もかも
頭が変で
困ったよ

耳遠い人
多くなり
皆手まね

おならだけ
出るのに便が
出ないのか

人はかがみ
思いの通り
なりますよ

朝目覚め
急ぐと転ぶ
爺《じい》の声

小走りの
ひ孫追いかけ
息切れる

杖《つえ》ついて
家の廻《まわ》りを
ウォーキング

塩にぎり
茄《な》子《す》胡《きゅう》瓜《り》畠《ばたけ》
戦時昼

垣間見る
息子の姿
夫似る

医者が言う
二歳で死ぬと
卒寿生き

年金減り
医者二倍に
たまらんよ

川柳名人
尾崎サカエさん（91歳）の部屋

川柳名人

白木幸典さん（93歳）の部屋

延命は
不要と宣言
薬《やく》は酒

異状なし
今夜も酒が
検査する

先がない
雨にも負けず
花見する

ホーム食堂
ぬいぐるみ抱き
婆《ばば》食事

雪の夜
爺《じい》の耳には
蝉《せみ》が鳴く

老ホーム
壁に染み入る
独り言

鳴る電話
素早く取れば
押売屋

マスク美女
挨拶されて
お尻へ礼

川柳名人
白木幸典さん（93歳）の部屋

投稿してから結果を知るまでが、ドキドキ！始めたら、何でものめり込むタイプです。

志鎌清治《きよじ》さん（97歳）

賞状をいただいたり、たくさんの本に作品を載せてもらいました。

生まれは山形県、郵便局に採用されて東北6県あっちこっちを回りました。NTTで定年を迎えてから、絵や川柳を楽しんだり老人クラブの会長もやりました。9年前から自宅の近くにある老人ホームに入って、3食出してもらっています。孫は5人、ひ孫は1人、離れて暮らす子供たちから毎日のように電話がきます。

川柳を投稿するようになって、もう13年目

川柳を始めたきっかけは？

定年後、誘われて油絵をかくようになり、そこで出会った方に「楽しいですよ、川柳もやってみませんか」と勧められました。

川柳を思いつくのはどんな時？

シルバーネットに課題が出されるので、その課題を見てから頭をひねって、時々思い出しては作っています。

これからシルバー川柳を始めたい人にアドバイス

私は初めに、入門書をたくさん買って読みました。川柳といっても基本がありますから、恥をかかないようにしたいと思いました。出来上がってからもすぐには出しません。１〜２日置くと、ちょっと変わることがあったり、違う言葉が出ることがあるからです。川柳はエンピツと紙だけで出来ます、ぜひ楽しんでください。

になるんですね……。私は何をするのにもすぐには飛びつかず、しばらく考えてから行動するタイプ。そしていったん入ってからは集中してのめり込むんです。

目指している川柳は軽くて面白い作品ですが、産みの苦しみというものはありますねぇ。ハガキに書いて出して、しばらくして送られてくるシルバーネットに自分の作品が載って

愛用の川柳グッズ

川柳の入門書を買いそろえて、基礎から勉強しました。手帖には、思いついたことを書いています。自分の作品が載った本も、励みにしています。

いると、ホッとします。その連続です。川柳を始めて10年目あたりからですかねぇ、少し余裕が出来たというか、辛いというより楽しくなってきました（笑）。うまい作品が出来た時は、最高の気分、言うことなしです。同じ町内の方から「載っていたのを見たよ」とか「楽しみにしているよ」と言われると本当に嬉しい。

介護は何もないです！　デイサービスにもどこにも行っていません。家族から立派な杖をプレゼントされましたが、それもまだ使っていません。地下鉄にも一人で乗りますし、洗濯も自分でやります。

健康法は体を動かすことで、散歩を毎日2千から3千歩ぐらい、時間にして1時間ぐらいしています。食事は無理のないように腹八分目、昼寝もします。川柳はボケ防止にもなっていますね〜、ない頭を一生懸命使って考えますから。

人に勧められて始めた手前、私もたくさんの方に川柳をやってみ

定年後、NTTの先輩から勧められ油絵をかくように。年間10点近く風景、人物、何でもかきます。写生に行く時は、仲間が途中まで車で迎えに来てくれて助かっています。

ないかとお誘いしてきました。「川柳とは、どういうもんなんだ?」と聞かれた時には、持っている入門書を渡しまして、その方は今も投稿を続けています。知り合いが私の作品を見て、「俺もやることにした」と始めてくれたこともあります。ホームの食事するところにもシルバーネットを置かせてもらい、「出してけさーい」と声を掛けていますよ。もっと仲間が増えるといいですねー。

会心の一作!

続けよう
三日坊主を
何度でも

【編集部まとめ】歩く姿も笑顔も若々しく、97歳とは思えなかった志鎌さん。投稿した後のドキドキも、若さの秘訣かも知れませんね。新たな境地が開けるのかな、100歳が楽しみですね!

この机で推敲を何度も繰り返しながら、いい川柳に仕上げています。以前買った入門書を、今でも時々開くことがあります。

川柳名人 町田猶子さん（93歳）の部屋

入歯なし
皆に自慢
母思う

母好きな
ズワイガニ茹《ゆ》で
佛《ぶつ》壇《だん》に

心病む
死に急ぐ人
母思え

浮気した
夫を恨む
墓参り

毛糸帽
編んでくれた姉
十三回忌

日光に
当たると好《よ》いと
骨大事

日曜日
誰か来ぬかと
家の外

あの友も
この友も亡く
まだ呼ぶな

暇ですと
みんなに電話
誘い待つ

病院代
安くなったと
娘も初老

娘古希
私も歳を
取ったんだ

友と見た
コスモス畑
想(おも)う秋

95

デイケアの
スタッフみごと
食事会

眞野昭子（95歳）

定席で
相撲実況
待つ爺《じじ》

千石 巌（92歳）

あれ取って
そこに有るよで
通じあう

加藤セツ子（92歳）

お月見に
だんご食べ過ぎ
三段腹

阿部禮子（91歳）

ハローウィーン
南瓜のお化けに
子供泣く

梶原静代（93歳）

サンマ焼く
隣の煙
胃に染みる

橋口昭浩（90歳）

なつかし写真館

バブル！みんな元気いっぱい弾けていた頃

70年代の低成長時代が終了。
80年代始めのバブル前夜から
89年のバブル崩壊まで。
経済、風俗とも世の中が絶好調の
栄華を極めた時代。
シル川柳読者は、80歳代なら40代、
70歳代なら30代。人生を謳歌していた！

東京ディズニーランド浦安にオープン

1983年（昭和58年）

いつでも掃除が行き届いていて、おいしいものが食べられる夢の世界！　一度は行ってみたい！と憧れたわ。

ロサンゼルス近郊アナハイム市に1955年に開業した「ディズニーランド」。この遊園地の海外初進出が、千葉県浦安市舞浜に40年前オープンした「東京ディズニーランド」だった。

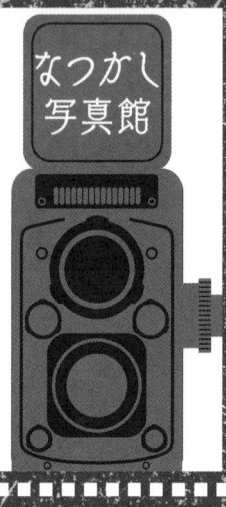

英国でダイアナ妃　チャールズ皇太子結婚

1981年（昭和56年）

来日したときは連日大ニュースだった。長身でほっそりとした姿。フレンドリーで美しい微笑みを今でも思い出す。気品のある女性だったな。息子たちも熱心に育て上げてきたのに。美人薄命。残念じゃ。

挙式後、バッキンガム宮殿のバルコニーでチャールズ皇太子とダイアナ妃が交わした有名なキスシーン。象牙色のウエディングドレスをまとった若き花嫁は、このあと世界中でダイアナブームを巻き起こしていく。

こないだ亡くなったエリザベス女王は私たちと同年代ね。息子や娘、孫たちのことではご心労が絶えなかったでしょうね。

マドンナ旋風。日本社会党躍進

土井たか子氏を党首とした日本社会党。1989年の都議会・参議院、1990年の衆議院などの選挙戦を優位に進めていった。女性候補が活躍し「マドンナ旋風」「おたかさんブーム」と話題に。

日本初、女性で衆議院議長や政党党首を務めたおたかさん。滑舌と笑顔が良かったなぁ。

当時の宇野総理が自民党の首相を辞任したら、土井さんは「山が動いた」って。その後、山はどこに行った？（笑）。

1989年（平成元年）

石原裕次郎さん（46）が慶応大病院の屋上に姿を見せた。入院以来約２カ月ぶり。胸部の解離性大動脈瘤の手術後、奇跡的な回復を果たし、病院の屋上に現れて手を振る昭和の大スターにみなが拍手した。付き添っているのは、まき子夫人と渡哲也さん。

日活の映画スターのなかでも、歌が上手なピカーのスターだった。格好よかった。今でもわしのカラオケの十八番は「ブランデーグラス」に「夜霧よ今夜も有難う」♪

不良っぽくてカリスマ性があった。テレビの「太陽にほえろ!」のボス役もはまり役だったし。シルバーになった今だったらどんな演技をみせてくれたでしょう。長生きしてほしかったなぁ。

石原裕次郎　難手術より生還

1981年（昭和56年）

バブル景気で地価高騰、土地神話で8割上昇も

1985年後半～1990年初期のバブル経済。土地や株式などの資産価値が異常に上がって好景気に。「土地の価格は絶対に下がらず上がり続ける」といった土地神話を信じ、多くの人が土地を購入し続けた。

「土地転がし」や「地上げ屋」が横行して、土地がらみのトラブルも多かったね。

土地を持っていれば「わらしべ長者」になれた。あっという間にバブルが弾けて、高利の借金を抱えた人もいたわ。

1986年(昭和61年)頃から

小銭なしで電話ができるテレホンカード　登場

公衆電話は10円玉か100円玉を投入する硬貨式だった。そこで硬貨がなくても通話ができるカード式公衆電話が登場。これに使えるテレホンカードが普及。85年度の販売枚数は6036万枚にものぼった。

1982年(昭和57年)

テレカを数枚持って電話ボックスから営業先に電話したなぁ。テレカは仕事の必需品だった。

バブル！　みんな元気いっぱい弾けていた頃

阪神、21年ぶりに優勝！日本一にも

阪神タイガースがセ・リーグで優勝、21年ぶり3回目。大阪・神戸の街で「六甲おろし」が響き渡った。阪神ファンが嬉しさのあまり道頓堀川に飛び込んだりと、大阪中がお祭り騒ぎに。

優勝に縁がなかった阪神だったけど、掛布に岡田、バースが吉田監督の下で活躍した年で強かったね。

1985年（昭和60年）

阪神は、この年初の日本一になったよね。阪神ファンって、球団への愛が深くて驚いちゃった。

ゴッホのひまわり　保険会社が58億円落札

安田火災海上保険（現：損保ジャパン）がゴッホの名画「ひまわり」をクリスティーズ（世界最古の歴史を持つ美術品のオークション）の競売で自社美術館の目玉とするため58億円で落札した。

1987年（昭和62年）

当時、ゴッホのことを知らなくて驚いたけど、美術館の入館数がすごく増え、今ではいい買い物だったといわれているね。公開にたくさんの人が集まった。

昭和天皇崩御。元号「平成」に

1989年（平成元年）

昭和が長かったからなあ。しばらくは西暦と平成が頭の中でうまく組み合わせられなかった。

平成生まれの孫に「おばあちゃんは昭和だからね」ってすぐ言われちゃう。どういう意味よ（笑）！
こないだ生まれた可愛いひ孫は令和生まれだしね。時代はめぐるわ。

「新しい元号は『へいせい』であります」と小渕官房長官。竹下登首相によれば、平成とは、『国の内外にも天地にも平和が達成される』という意味。久しぶりの新元号に国民全員の気持ちが改まった瞬間であった。
そしてバブルの終焉。時代は平成へと移っていった。

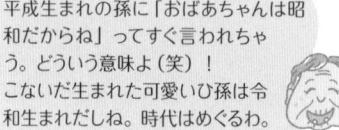

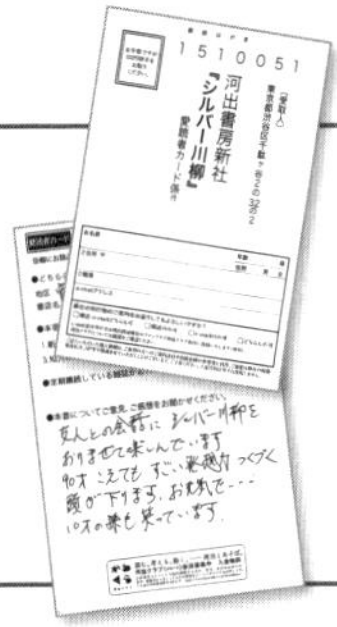

皆さんからのお便り広場

本の愛読者カード、投稿ハガキの脇に書いてくださったメモ、作品と一緒に封書で送られてくるお手紙に、皆さんそれぞれの暮らしの思いを感じます。ほんの一部ですがご紹介いたします。

良策だ
政府が決めた
第五類

百一歳
生きる手本と
ほめ言葉

2句ともデーサービスの模様です。私のデーサービスには、百歳、九十九歳、九十八歳、九十六歳2人、九十歳、米寿の方々いて、皆さん元気に暮らしています。

三重県
H・Mさん　101歳

編集部より

ものすごいご長寿だらけデイサービス！　パワースポット?!
ご長寿川柳、またお待ちしています。

本書を拙い文字ですが、毛筆書きにしてファイル化。週2回通うデイサービスに持参して皆様に読んでいただきましたが、揃って「面白いし、楽しい」と返答がありました！

東京都
O・Nさん　82歳

編集部より

全部毛筆書きですか！　素晴らしい！　お仲間にもシルバー川柳を知ってもらえて嬉しいです。

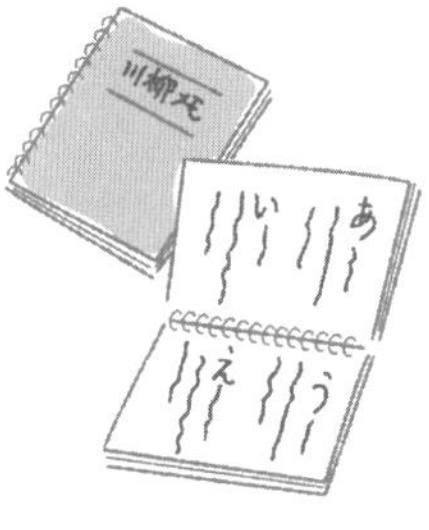

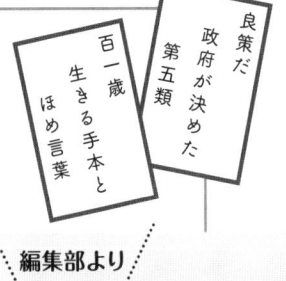

福島県　T・Tさん　102歳

◆黄泉の国下見がしたい歳になり
本人が→Pcで打ちました
令和五年
卯

編集部より

おハガキはお孫さん代筆ですが、川柳作品はご本人のパソコン打ちで貼り込まれて届きます！　102歳で自作のシルバー川柳はパソコンで打ち込んでご投稿。すごい!!

同じことを考えているのに。句にならない。読むと〝そうそう〟と思う……。毎日の生活が川柳のようだ。楽しいヨ！

岡山県　S・Eさん　83歳

介護4の妻を見ながら、1日ベッドの下で「何が食べたい」「何を食べる」と声をかけ、1日3、4回オムツを取り替えて、娘息子に心配させないよう頑張っています。呆けないようにと買ってくれたこの本を時間があるうちにいつも見ています。自分も作ってみたのを書いておきます。

生かされて　年月重し　老いの春

政治とは　頭変われば　天と地に

大阪府　A・Yさん　84歳

編集部より

家族のみんなを思い、お父さん、本当に頑張っていらっしゃいますね。川柳が少しでもいいリラックスタイムになりますように。

一句一句にうなずいたり感心したり。特に90歳過ぎても頭の若さにびっくり！します。川柳には笑いがあふれています。

兵庫県　Y・Tさん　81歳

「初めて投稿いたします。『二人で老人ホームに行く』と突然言い出して聞かない夫は九十歳、私はもうすぐ八十八歳です。
まだしばらくは家でやれるところまでがんばると約束して、そっとベッドにシルバー川柳の本を置きました。つらい日常も笑いに変えられるこの本が、夫の心をやわらげてくれると思って。いつの間にかホームの話は消えて、嬉しかったです。（中略）会話の少ない人ですが、あの頃の明るさを取り戻してほしいなと願いつつ。」
（後日、別のおハガキで作品投稿いただきました。）
「川柳の本との出会いから、頭と心が元気になった気がします。老いの二人の不安から解放された思いです。ありがとうございます！

〝転ぶなよ〟言って転んで　おこされて
〝どこを切る〟ハサミ迷わす　夫の髪
〝ぐちるなよ〟聞こえていやな　時もある
〝誰のこと〟私の名前〝オイ〟じゃない
〝また泣いた〟孫の手料理　食卓に

夫と二人の日常です。」

高知県　Y・Kさん　88歳

編集部より

ご夫婦にはいろんな機微があるのですね。川柳でお二人に明るい会話が増えていきますように。日常生活でふっと湧き出る思い、気楽につぶやいていきましょう！

杖《つえ》ほしい
プライド思い
我慢する

服部喜栄子（94歳）

金庫さん
市がたつ日は
年金日

中田節子（90歳）

いち

名月が
高くて空へ
あごを出す

服部万吉（101歳）

黄泉《よみ》の国
下見がしたい
歳になり

塚原武晴（102歳）

朝早く
日の出の前を
カラス行く

桝谷静雄（90歳）

巡り来る
今日ある命
初日の出

尾崎サカエ（91歳）

お日さまに
やさしく抱かれ
新聞見《み》

高橋知杏（93歳）

始めよう
テレビ体操
一、二、三と

菅井安子（91歳）

元気だねと
人に言われて
九十歳

小田中榮一（90歳）

足上がり
デイサービスが
楽しみに

井口ちさと（92歳）

気を付けろ
卒寿過ぎての
雑煮餅

桝谷静雄（90歳）

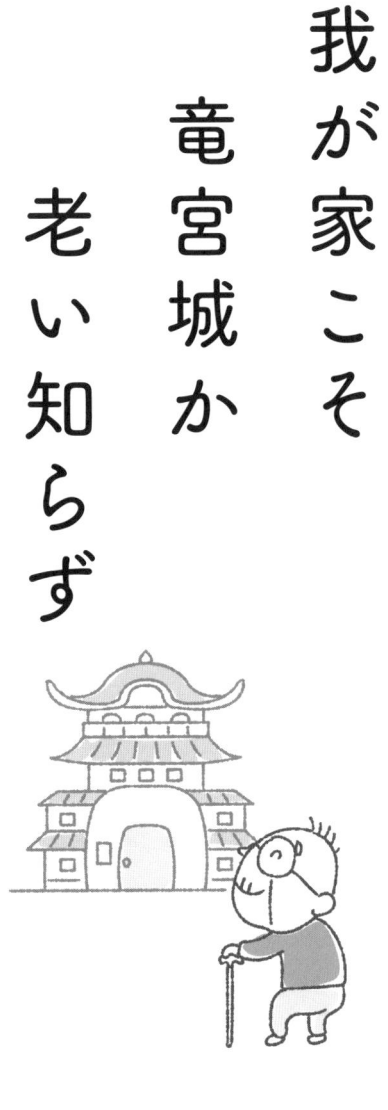

我が家こそ
竜宮城か
老い知らず

山本敏行（96歳）

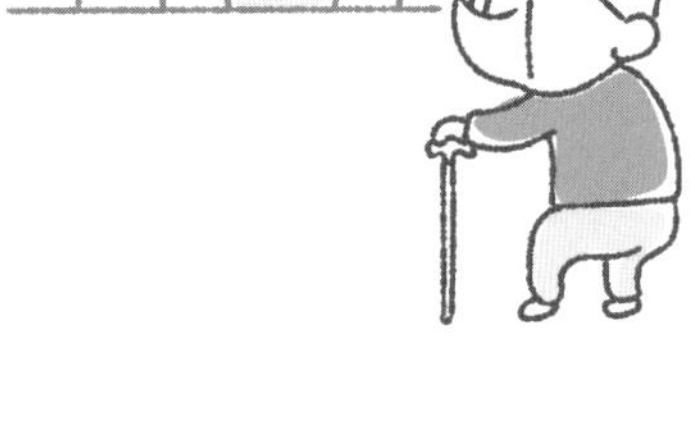

内心を
妻の遺影に
見透かされ

山本敏行（96歳）

髪切った
気付いた夫《ひと》は
もういない

宇南山礼子（91歳）

キスをする？
最後の別れ
娘問う

氏家さゆき（94歳）

あたたかい
亡夫《つま》の壺抱く
昼の月

谷口信子（92歳）

みやぎシルバーネット

一九九六年に創刊された高齢者向けのフリーペーパー。主に仙台圏の老人クラブ、病院、公共施設等の協力を得ながら毎月三五〇〇〇部を無料配布。高齢者に関する特集記事やイベント情報、サークル、遺言相談、読者投稿等を掲載。

https://miyagi-silvernet.com

千葉雅俊　『みやぎシルバーネット』編集発行人

一九六一年、宮城県生まれ。広告代理店の制作部門のタウン紙編集を経て、独立。情報発信で高齢化社会をより豊かなものにしようと、高齢者向けのフリーペーパーを創刊。シルバー関連の講演会などの活動も行う。選者を務めた書籍に『シルバー川柳』『超シルバー川柳』シリーズ（小社）、『シルバー川柳　孫へ』（近代文藝社）。著書に『みやぎシニア事典』（金港堂）などがある。

ブックデザイン	GRiD
イラスト	BIKKE
ご長寿インタビュー	千葉雅俊（文、撮影）
P100～106写真	共同通信社
編集協力	毛利恵子（株式会社モアーズ） 忠岡 謙　（リアル）
Special thanks	みやぎシルバーネット「シルバー川柳」読者、投稿者の皆様。 河出書房新社編集部に投稿してくださったシルバーの皆様

90歳以上のご長寿傑作選

超シルバー川柳　黄金の日々編

二〇二三年九月二〇日　初版印刷
二〇二三年九月三〇日　初版発行

編者　みやぎシルバーネット、河出書房新社編集部
発行者　小野寺優
発行所　株式会社河出書房新社
〒一五一―〇〇五一
東京都渋谷区千駄ヶ谷二―三二―二
電話　〇三―三四〇四―一二〇一（営業）
〇三―三四〇四―八六一一（編集）
https://www.kawade.co.jp/

組版　GR・iD
印刷・製本　図書印刷株式会社

Printed in Japan　ISBN 978-4-309-03137-8

60歳以上の方のシルバー川柳、募集中！

ご投稿規定

- 60 歳以上のシルバーの方からのご投稿に限らせていただきます。
- ご投稿作品の著作権は弊社に帰属します。
- 作品は自作未発表のものに限ります。
- お送りくださった作品はご返却できません。
- 投稿作品発表時に、ご投稿時点でのお名前とご年齢を併記することをご了解ください。
- ペンネームでの作品掲載はしておりません。

発表

今後刊行される弊社の『シルバー川柳』本にて、作品掲載の可能性があります（ご投稿全作ではなく編集部選の作品のみ掲載させていただきます）。なお、投稿作品が掲載されるかどうかの個別のお問い合わせにはお答えできません。何卒ご了解ください。

あなたの作品が本に載るかもしれません！

ご投稿方法

- はがきに川柳（1枚につき5作品まで）、郵便番号、住所、氏名（お名前に「ふりがな」もつけてください）、年齢、電話番号を明記の上、下記宛先にご郵送ください。
- ご投稿作品数に限りはありませんが、はがき1枚につき5作品まででお願いします。

〈おはがきの宛先〉

〒151-0051
東京都渋谷区千駄ヶ谷2-32-2
（株）河出書房新社
編集部「シルバー川柳」係

次号予告

次の 第23弾 シルバー川柳本は 2024年1月ごろ 発売予定です！

次巻もお楽しみに♪
バックナンバーも好評発売中です。
〜くわしくは本書の折り込みチラシをご覧ください〜

河出書房新社
Tel 03-3404-1201
https://www.kawade.co.jp/